la princesa rebel

Per a la Guinevere, la Niamh, l'Emelia, l'Esther, l'Elise, l'Esme, la Martha, l'Orla i totes les princeses rebels del món - AK

Per a la Freya i la Molly – SO

BLUME

Títol original
The Worst Princess

Traducció:
Lluïsa Moreno Llort

Coordinació de l'edició en llengua catalana:
Cristina Rodríguez Fischer

Primera edició en llengua catalana, setembre de 2013
Reimpressió, febrer de 2016, setembre de 2017
Nova edició en llengua catalana, abril de 2019
Reimpressió, juny de 2021; gener de 2023

© 2019 Naturart, S.A. Editat per BLUME
© 2013 Art Blume. S.L.
Carrer de les Alberes, 52, 2.º, Vallvidrera
08017 Barcelona
Tel 93.205 40 00 correu electrònic: info@blume.net
© 2013 Simon and Schuster, Londres
© 2013 del text Anna Kemp
© 2013 de les il·lustracions Sara Ogilvie

I.S.B.N.: 978-84-17757-26-7

Imprès a la Xina

WWW.BLUME.NET

MIXT
Paper | Recolzant la
silvicultura responsable
FSC® C144853

la princesa rebel

Anna Kemp · Sara Ogilvie

◆

BLUME

Vet aquí una vegada, en un lloc molt a la vora,
hi vivia la princesa Elna, que es trobava sola.

–Un dia –deia–, el meu príncep em vindrà a salvar.
Però se m'acaba la paciència, ja es podria espavilar!

Fa anys i panys que l'espero, però no ve.
I quin tip de plorar! Al final em pansiré.

He llegit tots els llibres,
sé de memòria la biblioteca.
Les trenes m'han crescut tant
que m'arriben a terra.
He de sortir d'aquí,
em tallaré els cabells,
no em vull pas florir.

I, un bon dia . . .

. . . quan l'Elna ja se n'havia afartat, de tot plegat,
va aparèixer un príncep. Un somni fet realitat!

–Oh, princesa, que n'ets, de bonica!
Per venir a salvar-te, he cavalcat nit i dia!

—He lluitat, sempre he guanyat,

al meu pas tothom s'ha espantat.

—M'hauries d'haver vist brandar l'espasa!
He matat brètols i una mà de gentalla!

—Molt bé —va dir l'Elna—. Marxem?
Però primer abraça'm ben fort,
au, fes-me un petó de tot cor!

I la parella se'n va anar galopant pel camí.
–Sóc lliure! –va exclamar l'Elna–. A la fi!
Som-hi, doncs. Anem a fer un volt!

Però després del primer revolt . . .

—Què és això que veig, estimat meu?

—Ves! El meu castell, flor de neu.
I aquesta torre és tota teva, dolça cirereta.
Una autèntica perla!

Però si jo vull muntar a cavall!
va dir l'Elna–. I veure tota la vall!

–No –va dir ell–. Has de fer el teu paper.
O és que potser no t'ho han explicat bé?

—Jo em poso l'armadura i surto a voltar,
i tu et poses els vestits, queda clar?

—Senyoreta, empolaina't i fes bondat.
Ni t'ho pensis, que veuràs un drac.

Sola a la torre, l'Elna rondinava de valent:
—Quina mena de príncep és aquest element?

Aleshores a dalt del cel va veure de cop . . .

...un drac amb uns ulls que treien foc.

Però l'Elna no va quedar esgarrifada.
I ara! Ella li va plantar cara.

—Ei! —va exclamar—. El de les urpes llargues!
Et ve de gust un cafè? Res de baralles!
—Oh, i tant! —va dir la bèstia—. Jo, encantat!
És que aquell corcó de príncep em
té amargat!

—A mi també —va dir l'Elna—. És un canalla.
Saps què? Em vol tenir aquí enclaustrada.

–Què? –va fer el drac–. És un abús!
L'hem d'escarmentar, a aquest pallús!
Dit allò, el drac va esnifar una mica d'esprai . . .

. . . i el castell va desaparèixer en un dir ai!

–Prou! –va dir algú enfadat.
Era el príncep, que havia tornat.
–On és la torre? I el vestit?
Quina princesa! On s'és vist!

Ep, un moment: si som al jardí!
Però què hi fa un drac, aquí?

—Tant me fa no tenir torre ni vestit.
—li va dir ella—. Ja ho tinc decidit!
Amb quatre parracs i despentinada,
ara mateix m'enlairo d'una vegada!

El drac va llançar un ruflet calent . . .

. . . i el cul del príncep va posar roent.

Des d'aquell dia, la van fer ben sonada,
anant d'una punta a l'altra de la contrada.

Els dos amics tocaven els nassos . . .

dels prínceps més grandolassos.

–Escolta –va dir l'Elna, servint el cafè–.
Fem un gran equip, tu i jo, no sé per què.
El bon drac es va partir de riure.

I junts sempre van viure.